U0066085

有時陣，我是伊提問佮回應的對象。有時陣，伊共
彼个對伊來講猶閣無名的物件號名，我變成天地間
頭一个證人。

原本，是我佮伊講臺語，伊的爸爸佮伊講法語。
事實上，是伊教阮感覺母語。

永遠有講袂完的祕密的
是所有流過咱身軀的水
鹹的汫的、外口內面……
斟酌來意會

雨水、葉仔佮露螺
攏有怹相對應的位
大海、暗暝佮鱉蛉
來做伙等公車排隊

是一個細漢人
徛佇世界中央
經驗萬物安住
和流動的模樣

這本小書和有聲內容，選自一個幼兒與母語的相遇紀錄。還有那個匯整話語的母親，在陪伴過程中所寫下的幾首詩。

來自有情生物的運轉律則，幼齡的孩子，仍深深隸屬於自然。在逐步走向「人」的路途上，她用習得的寥寥詞語，以及對言說的最初感覺，傳達小小人類個體的主觀知覺和心靈狀態，並向我們轉譯，她與自然的交往、與環境的對話。

而生命，即是連綿不止，的對話與編織。

Ce livre et le CD audio qui l'accompagne sont tirés des paroles d'un enfant bilingue dont les langues maternelles sont le taïwanais et le français, âgé de deux ans à cinq ans. À ces mots, s'ajoutent quelques poèmes écrits par la mère de cet enfant, accompagnant la naissance d'un être de parole, expression poétique du commencement.

"Je voudrais me réveiller dans la mer" : cette phrase prononcée à deux ans, face à la mer et au soleil couchant, est le point de départ et le leitmotiv de ce modeste projet de publication.

44／Esprit de la rivière

海的
字的
湧

紙上
天地
字的魂魄

相疊
浮沉
看顧一句話：
我
想欲
踮海內面
醒過來

我想欲踮
海內面醒
過來

講的彼一个
細細漢人
猶閣毋捌
漢字的相思

————————————阿萌耍海（兩歲，澎湖）

日頭來啊
落來海遮

阿萌耍海
海足～大兮

阿萌食海
海水鹹鹹

海湧白白
海鳥光光

阿萌閣欲
去迌迌海啦

閣一遍
就好啊～

阿萌食麭
頂懸有胡蠅
塗跤是狗蟻

胡蠅胡蠅，來看阿萌食飯哈～
狗蟻狗蟻，我手拌拌兮餅屑攏予你啦

厝角鳥咧跳跳跳
船佇海頂懸
咧搖啊搖

今日的風
足透兮

海的約會 |

是一個阿萌在看海
是一個爸爸在看海
是阿萌媽媽在看海

海的聲音
就是海浪
Les Vagues…
再一次：LES VA～～～GUES！
「嘶…啾嗚…」
「嘶……啾嗚！」

風，它會找到阿萌
海，明天還會回來

有小聲。也有大聲
有小小陣，也有大大陣！

___

註．les vagues：海浪。

阿萌玩海　|

太陽來啦
落到海這裡

阿萌玩海
海超～大的

阿萌吃海
海水鹹鹹

海浪白白
海鳥光光

阿萌還想
去玩海啦

再一次
就好了～

註・就（發音 tō）：就。

是一个阿萌咧看海
是一个爸爸咧看海
是阿萌媽媽咧看海

海的聲
就是海湧
Les Vagues…
閣一擺：LES VA～～～GUES！
「嘶…咻嗚…」
「嘶……咻嗚！」

風，伊會來揣著阿萌
啊海，明仔載伊會閣轉來

有細聲。也有大聲
有細細陣，嘛有大大陣！

幾若日，阿萌想欲摸海
毋過海水冷冷
無愛予伊摸

只好藏佇烏石後壁
伸頭參海湧覕相揣

覕佇眠床頂的時陣
伊講：明仔載咱睏船頂好無？
船內面，有足濟色……的魚
有茄仔色的　草青色的　金瓜色的
嘛有塗色佮水藍色點點
猶閣有親像水雞的魚

水雞的魚嘛會泅水
恁是烏烏的烏色

閣目睭仁
佮日暗
攏仝款色

站在露臺，看夜晚的風景　|

那是海的家
（手指前方的空氣）
黑黑的海邊
有海的樓梯

吱吱吱吱……
螞蟻在唱歌！
（邊聽邊唸，唸到歪頭）
滴滴滴滴……
急急急急……

今晚的月亮
又躲起來睡覺了
只有路燈出來而已
橘子色的路燈
全部bye bye…

喔，Totoro的公車來了！
（咻～開過路燈照亮的海心路）
我們也和公車bye bye喔（搖手、再搖手）
À demain…

註・Totoro：トトロ（日本動畫電影〈龍貓〉裡的角色）
　　à demain：再見。

遐是海的厝
（手指頭前的空氣）
烏烏的海垹
有海的樓梯

吱吱吱吱……
狗蟻咧唱歌！
（那聽那唸，唸甲歪頭）
滴滴滴滴……
急急急急……

今暝的月娘
猶閣覕起來咧睏
干焦路燈出來爾爾
柑仔色的路燈
全部bye bye…

喔，Totoro的公車來啊！
（咻～駛過路燈照光的海心路）
咱嘛佮公車bye bye喔（撼手、閣撼手）
À demain…

阿萌吃麵包
頭上有蒼蠅
地上是螞蟻

蒼蠅蒼蠅，來看阿萌吃飯囉～
螞蟻螞蟻，我手拍拍餅屑都給你啦

麻雀們在跳跳跳
船在海上面
搖啊搖

今天的風
好大啊

註・麭（發音 pháng）：麵包

海的家　|

好幾天，阿萌想要摸海
可是海水冷冷
不想讓她摸

只好躲在玄武岩後面
伸頭和海浪玩捉迷藏

躺在床上的時候
她說：明天我們睡船上好嗎？
船裡頭，有很多顏色⋯⋯的魚
有紫茄色的　青綠色的　南瓜色的
也有土黃跟水藍色點點
還有像是青蛙的魚

像青蛙的魚也會游泳
牠們是黑黑的黑色

跟眼珠
跟夜晚
都是同一種顏色

媽媽的朋友是爸爸
阿公的朋友是阿媽
厝是車的朋友
海是沙的朋友

月娘的朋友是天星
魚的朋友是細細尾魚
落雨是塗跤的朋友
日頭的朋友我毋知

蟮蟲仔是蠓仔的朋友
貓咪是狗仔的朋友
阿萌的朋友是爸爸媽媽
毋過有當時是鴨咪仔佮貓咪

暗時的朋友？是雲
藍色的，佮白色的雲

朋友觀　|

媽媽的朋友是爸爸
外公的朋友是外婆
房子是車子的朋友
海是沙的朋友

月亮的朋友是星星
魚的朋友是小小魚
下雨是地上的朋友
太陽的朋友我不知道

壁虎是蚊子的朋友
貓咪是狗狗的朋友
阿萌的朋友是爸爸媽媽
可是有時是鴨鴨和貓咪

夜晚的朋友？是雲
藍色的，和白色的雲

阿萌昨昏去看羊
（羊食啥物物件？）
羊食樹葉，羊食草
阿舅飼羊，羊講：咩～

然後咱去看魚，看海龜
您攏會游泳，也會飛喔！

（魚食啥物呢？）
魚食水

（啊……細尾的魚食啥物呢？）
細尾的魚食細細的水

（月娘咧創啥物呢？）
（揭頭）月娘咧看阿萌

（海沙埕咧創啥物呢？）
海沙埕，咧看天頂

（啊海，咧創啥物呢？）
海……，伊咧做夢

阿萌昨天去看羊
（羊吃甚麼東西？）
羊吃樹葉，羊吃草
舅舅餵羊，羊說：咩～

然後我們去看魚，看海龜
牠們都會游泳，也會飛喔！

（魚吃甚麼呢？）
魚吃水

（啊……小尾的魚吃甚麼呢？）
小尾的魚吃小小的水

（月亮在做甚麼呢？）
（抬頭）月亮在看阿萌

（沙灘在做甚麼呢？）
沙灘，在看天空

（那海，在做甚麼呢？）
海……，它在做夢

————————————山邊時光（三～五歲，新店）

"Je veux faire un câlin tout noir comme
dans la nuit qu'il y a du soleil.
D'abord, la nuit est dans la bouche du
soleil. Mais maintenant, ça change···c'est
le soleil qui est dans la bouche de la nuit."

(trois ans et quatre mois)

一種抱 |

「我欲一个足烏足烏的抱，親像暗暝內底有日頭。
一開始，是暗暝佇日頭的喙內面。毋過這馬換過
來啊……是日頭踮佇暗暝的嘴內面。」

（三歲四個月）

一種擁抱 |

「我要一個全部黑色的抱，就像在夜裡有陽光。
一開始，夜晚在太陽嘴裡。可是現在換過來了……
是太陽在夜晚的嘴裡。」

看著青藤垂落來，我講：你看，足嬌敧。
伊凝一下：「是落雨。」
聽見四界蟬聲響起，我問伊：彼是啥物？
伊連想攏無想：「Musique。」

（三歲五個月）

看到藤蔓垂下，我說：你看，好漂亮。
小人愣了一下：「那是下雨。」
聽見四周蟬聲漸響，我問：那是甚麼？
她不假思索：「Musique。」

註・musique：音樂。

八月時有一日，去山邊散步，行到半途，三个人踮
佇有石頭的溪邊歇睏，食物件。伊看著溪水佮身軀
邊大粒細粒的溪石佮岩壁、頭頂各種青翠的草樹，
一時恬恬攏無講話。

後來我行去別位看景的時陣，伊用法語佮共坐踮溪
邊个爸爸講：
「爸爸，是水。媽媽，是石。阿萌……是樹。」

（兩歲八個月）

八月的某一天，去山邊散步，走到半途，三個人停在有石頭的溪邊休息，吃東西。她看到溪水，和身邊大顆小顆的溪石和岩壁、頭頂各種青翠的草樹，一時安靜下來沒有說話。

後來我走向別處看風景時，她以法語跟同坐在溪邊的爸爸說：
「爸爸，是水。媽媽，是石。阿萌……是樹。」

註‧引號中法語原文：Papa, c'est l'eau. Maman, c'est le rocher. Lysianassa…c'est l'arbre.

La cire de mon oreille ne ressemble pas au
miel
La cire de mon oreille est plutôt en or

Dorée comme le soleil qui se couche
Ou qui se lève

Oh oui ! Parfois
La lune a aussi ce genre de couleur

(trois ans et sept mois)

註・聽伊講了，小人爸擋袂牢：欵拜託，放過月娘一
馬吧……小人不解，自言自語：為啥物？這種色
足媠欵呢，而且月娘也無講伊無佮意……

註・聽她說完，小人爸忍不住了：欵拜託，放過月亮
一馬吧……小人不解，自言自語：為甚麼？這種
顏色很漂亮呢，而且月亮也沒說它不喜歡啊……

耳屎　　|

我的耳屎毋是像蜜
我的耳屎比較是黃金

親像是日頭欲落山佮
日頭扗才出來的彼種
金

喔著，有當時
月娘也是這款色

（三歲七個月）

耳屎　　|

我的耳屎不像蜜
我的耳屎比較是黃金

像是太陽快下山和
太陽剛出來的那種
金

喔對了，有時候
月亮也是這種顏色

山破一空
是霧
咧食山

伊食一細喙
山著無頭去

伊若食一大喙
咱著會看無山

毋過伊其實是
假影咧食啦

因為等伊
跳舞跳好啊

著會共山
全部還予地球

（四歲三個月）

山破一個洞

山破一個洞
是霧
在吃山

它吃一小口
山就沒有頭

它如果吃一大口
我們就看不到山

不過其實它是
假裝在吃啦

因為等它
跳舞跳完了

就會把山
通通還給地球

J'ai grandi dans l'eau.
Je voudrais grandir dans l'eau.
Je voudrais grandir dans l'eau tous les jours.
Je voudrais grandir dans l'eau tout le temps.
Grandir
Comme un poisson.

(quatre ans et un mois)

對水邊離開時　｜

我是佇水內面大漢的。
我想欲佇水內面大漢
我想欲逐工攏佇水內大漢
我想欲一直一直佇水底
大漢起來。親像一尾魚
按呢在大漢

（四歲一個月）

自水邊離開時　｜

我是在水裡長大的。
我想在水裡長大
我想每天都在水裡長大
我想一直一直在水裡
長大。像一條魚
那樣地長大

欲睏前，伊講嘴焦，只好提水杯入房間內予伊啉水
。徛佇床邊燈的頭前，伊專心看杯內面的水波微微
振動，看電火泡仔映底水內……伊講："La lumière,
c′est du miel…"

（兩歲十個月）

水光蜜　|

臨睡前，她說口渴，只好拿水杯進房間讓她喝水。
靠在床頭燈前面，她專心看著杯裡的水波微微振動
，看著電燈泡倒映在水上……她說："La lumière,
c′est du miel…"

Je suis un esprit de rivière
Le soleil est mon horloge
Les rochers sont des portes

Sur les arbres, je fais sécher le linge
Je n'ai pas besoin de lit ni chambre
Je bois de l'eau je bois de l'eau je bois···
Et je goûte des feuilles qui flottent

Le soleil est mon horloge
Les roches sont des portes
Oh, c'est le matin !

(cinq ans et un mois)

溪靈 |

我是溪水的精靈
日頭是我的時鐘
石壁做我大門

佇遐个樹頂，我披衫曝褲
我無需要眠床也無需要
房間
我啉水我啉水我啉……
而且我食漂流的葉

日頭是我的時鐘
石壁做我大門
啊，是透早！

（五歲一個月）

溪靈 |

我是溪水的精靈
太陽是我的時鐘
岩石做我大門

在那些樹上，我晾晒衣服
我不需要眠床也不需要
房間
我喝水我喝水我喝…
且我品嚐漂浮的葉

太陽是我的時鐘
岩石做我大門
噢，是清晨！

———————————月娘草（宛璇）

月娘有時白面
月娘有時黃身
毋過月娘的心
一直是草仔色的，是足光

足光的一種草
的色，規片生佇月娘山
恁輕聲細說
無根也無影，規暝
輕搖輕幌

全世界的海岸
嘛綴著恁
無日無暝

咧搖，咧幌

月亮草 |

月亮時而白面
月亮時而黃身
不過月亮的心
一直是草綠色的，是極光

極亮的一種草
的顏色，整片長在月亮山
它們輕聲細語
無根亦無影，整夜
輕搖輕晃

全世界的海岸
也跟著它們
無日無夜

搖擺，晃盪

註1．綴（發音 tè）：跟著。
註2．詩來源：小人語，「今日的月娘是草仔色的（發音 ê）。」

今仔日的海是水藍色的
明仔載的海是草青色的

今仔日的湧是白花
明仔載的湧是白馬

今仔日的日頭烏陰
明仔載的日頭閃金

今仔日的燕仔佇巢內相倚
明仔載的燕仔欲開始學飛

度日　　｜

今天的海是水藍色的
明天的海是草青色的

今天的浪是白花
明天的浪是白馬

今天的太陽烏陰
明天的太陽閃金

今天的燕子在巢裡相偎
明天的燕子要開始學飛

我對水中來
我往途內去

我食石頭籽
我搵溪水涼

田嬰仔點肩
黃蝶雙雙來探
釣魚翁徛守石頂
一目矖穿風無形

風來看
雲來聽
一片葉仔落
一陣蟬聲起
空間開欱震動

我路過時間
我行向流動
我會用雙手去挖掘
彼粒大山的眠夢

看顧我
伊坐跍退
看顧我
伊猶閣認袂出
我是啥物人，卻已經答應
提光陰來交換

一世，片刻
光拍磨出光

四界，安歇
留一位予上烏暗

　　　　　　──予Arion，一歲兩個月

我自水中來
我往土裡去

我吃石頭子
我沾溪水涼

蜻蜓點我肩膀
黃蝶雙雙來探
翠鳥盧守石頭
一眨眼穿風無形

風來看
雲來聽
一片葉子落
一陣蟬聲起
空間開闊震動

我路過時間
我走向流動
我會以雙手去挖掘
那座大山的眠夢

看顧我
她坐在那裡
看顧我
她尚未認出
我是甚麼人，卻已經答應
拿光陰來交換

一世，片刻
光打磨出光

四處，安歇
留一席給最黑暗

——給Arion，一歲兩個月

自洪荒的洪荒以來
它一直在做夢

做千千萬萬
珊瑚礁的夢

做衆魚衆生
衆沙數的夢

它的夢
把呼吸推塑成物質
把軀殼淘洗爲塵埃

它做一代又一代
海鳥歸來和盤旋的夢
做乘季風越洋的鷹群之夢
做每個子宮內的星雲羅列之夢
也夢見厄難中的白色哺乳類
和逐漸僵直沉默的海岸線

夢見自己的淚水淹沒島與洲
夢見極速增生的垃圾聯合國

做大風浪的夢
做大咆嘯的夢
它要做一個又一個惡夢
給不醒的人類去浮沉

但它也做月光遍灑地球的夢
自洪荒的洪荒以來，那樣冷然地灼亮
無名黑暗中的
生生湧動

我有一顆
微渺星球
夜腹一夜
膨脹成小宇宙

從此，有了兩顆心
中間隔著海，小小

的一座海，小到
可以傾聽彼此
顫動的心音

中間又隔著
廣大的洪荒。大到
意識在星際間梭尋

那兩道交會短暫
的運命之光

跋

(Elle regarde avec concentration une
photo de sa maman agé de 20ans)
Elle : Est-ce que j'étais déjà dans le ventre
de Maman?
Son papa : Non. À ce moment là, tu n'était
pas encore dans son ventre.
Elle : Oh! Alors À ce moment là, j'étais
encore dans une histoire? Une histore qui
s'appelle Lysianassa…

(quatre ans et un mois)

存在佮故事 |

（伊專心咧看一張伊的媽媽二十歲左右的相片）
小人：（指相片）我較早已經佇媽媽腹肚內面喔？
小人爸：毋是喔。你彼當時猶閣無佇伊的腹肚內。
小人：喔。按呢我彼个時陣，應該是佇一个故事內面？
一个叫做「阿萌」的故事……

（四歲一個月）

生命與故事 |

（她專心看著一張她的媽媽二十歲左右的照片）
小人：（指照片）我以前已經在媽媽肚子裡面了？
小人爸：不是喔。你那個時候還沒到她的肚子裡。
小人：喔。那我那個時候，應該在一個故事裡面？
一個叫做「阿萌」的故事……

小寫詩07

書名————————————————————————
　　我想欲踮海內面醒過來／子與母最初的詩

文字創作————————————————————————
　　阿萌 Lysianassa Dauby
　　宛璇 Wan-Shuen Tsai

文字校對————————————————————————
　　王昭華（臺文）
　　Yannick Dauby（法文）
　　小寫編輯部

版面構成————————————————————————
　　朱疋 eveycheng@gmail.com

封面設計————————————————————————
　　宛璇

責任編輯————————————————————————
　　陳安弦

音樂專輯────────────

　　我想欲踮海內面醒過來／子與母最初的詩

製作統籌────────────

　　回看工作室

錄音・聲音技術與創作────────

　　Yannick Dauby

歌謠創作與註釋────────────

　　王昭華

　　王榆鈞

　　落差草原

　　羅思容

　　Alban Couëffé

唸誦────────────

　　澎科萌、蔡宛璇

出版

小小書房・小寫出版
負責人　劉虹風
地址　234 新北市永和區文化路 192 巷
　　　4 弄 2-1 號 1 樓
電話　02 2923 1925 傳真 02 2923 1926
官網　http://blog.roodo.com/smallidea
部落格　https://smallbooklove.wordpress.com
電子信箱smallbooks.edit@gmail.com

總經銷

大和書報圖書股份有限公司
地址　248 新北市新莊區五工五路 2 號
電話　02 8990 2588 傳真 02 2299 7900

活字

　　日星鑄字行
　　地址　　103　台北市大同區太原路97巷13號
　　電話　　02 2556 4626
　　官網　　http://www.letterpress.org.tw

活版印刷・技術支援

　　台灣活版印刷文化保存協會
　　日星鑄字行
　　春輝印刷

贊助單位

　　台北市政府文化局：
　　　　2017時光之書：活版印刷小誌節
　　財團法人國家文化藝術基金會

初版

2017 年 10 月

ISBN 978-986-91313-5-3

售價 480 元

國家圖書館出版品預行編目（CIP）資料——

我想欲踮海內面醒過來：子與母最初的詩
澎科萌,蔡宛璇作.—初版.—
新北市：小小書房,2017.10
ISBN 978-986-91313-5-3（平裝附光碟片）
863.51　106013467